Original Japanese edition published
in 2009 by Shogakukan Inc., Tokyo
French translation rights arranged with
Shogakukan Inc. through The Kashima Agency

French edition in 2012 by KAZÉ

Adresse : 45, rue de Tocqueville 75017 Paris
Site internet : www.kaze-manga.fr

Directeur éditorial : Raphaël Pennes

Traduit du japonais par : Satoko Inaba
Supervision éditoriale et graphique : Saloua Okbani

Lettrage & maquette : Studio Hinoko
Design : Clémence Perrot

Achevé d'imprimer en CE en septembre 2012
Dépôt légal : Octobre 2012

Heartbroken Chocolatier

Setona Mizushiro

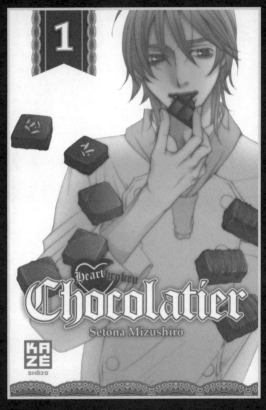

SÉRIE EN COURS

Black Rose Alice

Setona Mizushiro

SÉRIE EN COURS

Seiho Men's School
Kaneyoshi Izumi

SÉRIE EN COURS

Happy Marriage ?!
Maki Enjoji

SÉRIE EN COURS

Shinrei Gakuen
KAYONO

SÉRIE FINIE - 2 VOLUMES -

Cosplay Cops
Nao Doumoto

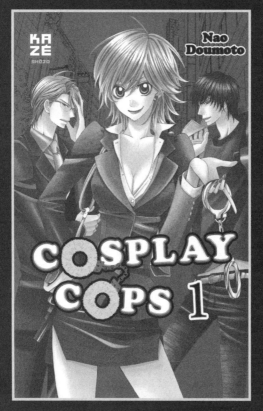

SÉRIE EN COURS

Shinobi Life

Shoko Conami

SÉRIE EN COURS

Dengeki Daisy
Kyousuke Motomi

SÉRIE EN COURS

À CE MOMENT-LÀ...

"INUTILE DE FAIRE DES EFFORTS"
...

REVIENT À ME DIRE D'ABANDONNER PUISQUE JE N'Y ARRIVERAI JAMAIS.

MAIS CETTE FILLE
...

C'EST CE QUE
...

J'AURAIS VOULU ENTENDRE
...

POURQUOI LES GENS DE SANG ROYAL SERAIENT-ILS SUPÉRIEURS AUX AUTRES ?

COMMENT QUELQU'UN DE MOINS COMPÉTENT POURRAIT-IL RÉGNER SUR PLUS PUISSANT QUE LUI ?

LES DEMI-HUMAINS SONT FORTS...

C'EST CELA, RÉGNER SUR LES AUTRES !!

POURQUOI ?

ET MOI...

JE SUIS INCAPABLE DE LES BATTRE.

CAESAR...

Un espace où je raconte ce qui me passe par la tête - 3

Ben oui.

Et nous en sommes déjà au n°3. Dans les lettres que je reçois, vous me demandez parfois ce que j'aime comme musique, etc. Je vais donc vous faire une liste rapide des choses que j'aime. Qui a dit que j'étais à court d'idées ? Pff !

Musique : principalement du rock anglo-saxon. En musique japonaise, je n'écoute que quelques artistes bien précis. Mais pendant le travail, je laisse mon iTunes en shuffle et c'est Teresa Teng (chanteuse taïwanaise des années 70) ou Akira Kobayashi (acteur et chanteur depuis les années 50) qu'on entend. Mon générique d'anime préféré est "Akuma-kun".
Livres : policier.
TV : les émissions comiques ou les dramas où il y a des meurtres.
Aliment : rouleau de printemps, ramen, sushi.
Cinéma : les films de Shunji Iwai
Boissons : coca, aquarius, café, thé, thé vert.
Mascotte : Doala.
Smiley : ('-`) tristounet.

D'accord, je suis à sec... (Rires) La dernière ligne est clairement inutile. En tout cas, je remercie tous les lecteurs !
Merci également aux éditeurs, à mon responsable, à tous les gens qui m'ont aidée ou soutenue, et à la Terre...

Rei Toma.

Envoyez vos avis à :
Rei Toma, section éditoriale *Cheese !*, Shogakukan,
101-8001, Tokyo, Chiyoda-ku, Hitotsubashi 2-3-1, Japon.

Un espace où je raconte ce qui me passe par la tête - 2

Je crois.

Bon… Nous voici au n°2.
Pour commencer la série, j'ai eu droit à 100 pages de prépublication. Mais comme c'est de la fantasy, il y a beaucoup d'explications sur l'univers et la mise en place de l'histoire et j'ai eu du mal à mettre tous les éléments que j'avais en tête. Je me disais toujours "la prochaine fois, la prochaine fois…" et je me retrouvée avec un tome 1 fini. (Rires)
Pour la publication du premier chapitre, j'ai pu dessiner la couverture du magazine. Et sur ce dessin, il y avait un petit demi-humain que je n'ai malheureusement pas réussi à faire apparaître dans le tome 1… Dans le même numéro, il y avait un jeu de tarot en supplément, et là aussi, il y a pas mal de personnages que l'on ne retrouve pas dans ce livre. J'ai bien raté mon coup (rires) ! Enfin… Non, tout était calculé d'avance. Je vous le jure.

Rassurez-vous, le petit demi-humain apparaîtra dans le tome 2.
(Rires)
J'ai encore plein de personnages et de péripéties en attente.
J'ai hâte de pouvoir les dessiner ! Je me motive.

L'été approche. Quand je vois un ciel d'été, je suis très impressionnée et je n'ai qu'une envie, c'est de le dessiner.
J'aimerais placer Nakaba et compagnie sous un beau ciel bleu et un gros cumulonimbus. Je le ferai en couleurs, si j'en ai l'occasion.

…Et voilà la fin de la deuxième page de blabla !

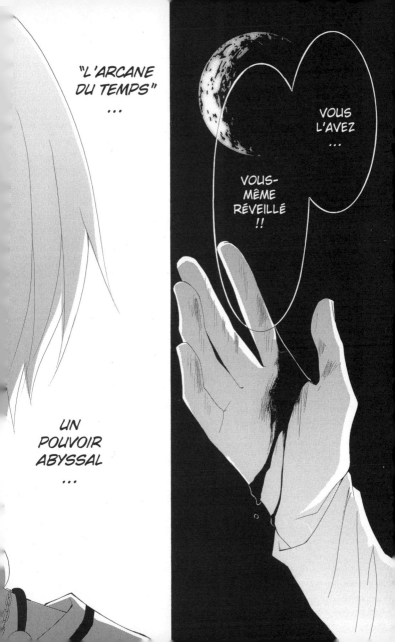

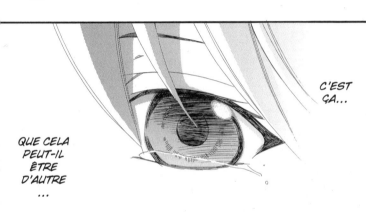

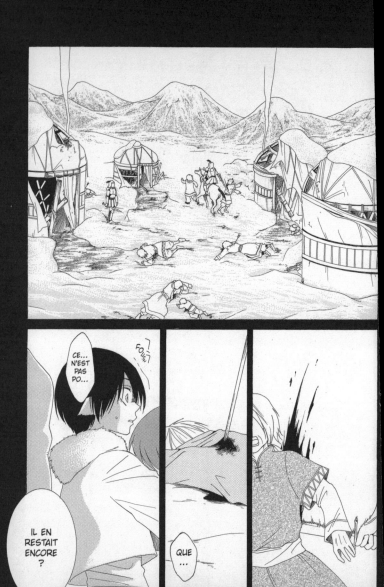

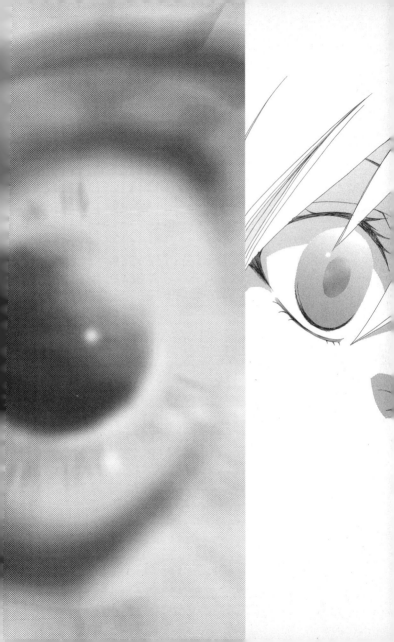

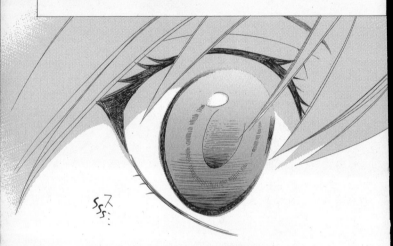

AU MOINS POUR MOI-MÊME...

VOTRE MAJESTÉ.

ANIMOSITÉ
...

DÉGOÛT
...

DÉDAIN
...

CURIOSITÉ
...

RAILLERIE
...

JE DOIS ÊTRE FORTE.

TOUT VA BIEN, J'Y SUIS HABITUÉE.

LA POPULATION SE DEMANDE DÉJÀ ...

QUAND SERA TUÉE CETTE ÉTRANGE PRINCESSE ROUSSE OFFERTE À BELQUAT.

?!

DEPUIS 200 ANS, DES CONFLITS QUASI INCESSANTS LES OPPOSENT.

C'EST LA PRÉSENCE DE DEUX ROYAUMES SUR UNE SI PETITE ÎLE QUI FUT À L'ORIGINE DE TOUS CES MALHEURS...

SENAN AU NORD...

UN POINT COMMUN UNIT CES DEUX PAYS.

MAIS ÉTRANGEMENT...

CONSTITUENT LA POPULACE.

TANDIS QUE LES ROUX, BLONDS ET BRUNS...

SEULS LES QUELQUES ÉLUS COURONNÉS D'UNE CHEVELURE NOIRE SE SONT ARROGÉ LE POUVOIR...

BELQUAT AU SUD...

Un espace où je raconte ce qui me passe par la tête - 1

Non, vraiment.

Bonjour ! c'est Toma.
Vous tenez là le tome 1 de ma première série fantastique. Comme je ne suis pas très douée pour parler de mes créations, je risque d'aligner des choses sans grand intérêt, surtout qu'il me reste encore deux pages à remplir. Vous pouvez les lire, si vous avez un peu de temps. (Rires) Aah... Qu'est-ce que je vais bien pouvoir raconter ?

Bon, parlons un peu des dessous de la création...
Le personnage mi-humain, mi-animal, "Loki", a un look très différent de ce que j'envisageais au départ. Au début, son aspect était plus proche de celui des animaux. Il avait quasiment une tête de chien avec plein de poils. (Rires) Il ressemblait à un toutou plein de sagesse qui veillerait tranquillement sur Nakaba... Mais après diverses réflexions, j'en suis arrivée au visuel actuel. Je me suis dit qu'il lui fallait un peu plus de sex-appeal...
Nakaba, quant à elle, n'a quasiment pas subi de modifications. Caesar, j'ai légèrement changé sa coiffure et son regard. (Rires) Pour le moment, à en juger par les lettres que j'ai reçues, Loki semble plus populaire que Caesar. C'est vrai que ce dernier n'est pas toujours très futé, ni très gentil...
Mais je me demande ce qu'il en aurait été si Loki avait gardé son aspect poilu et canin...
Voilà tout !

AUJOURD'HUI, JE PASSE ENTRE LES MAINS DE L'ENNEMI...

L'ARCANE DE L'AUBE
REIMEI NO ARCANA

Chapitre I ∞ P. 003

SOMMAIRE

Chapitre P. 145 ∞ **III**

Chapitre II ∞ P. 105

ISBN : 978-2-82030-082-9

L'ARCANE DE L'AUBE

reimei no arcana

1

Rei Toma